LES POÈTES TYPOGRAPHES

HENRI TAMINIAU

Poète - Typographe - Prote - Publiciste

Historien

par Antonius ADAM

PARIS

Imprimerie Émile ROUSSEL

20, Rue Gerbert, 20

1914

Henri Caminiaux

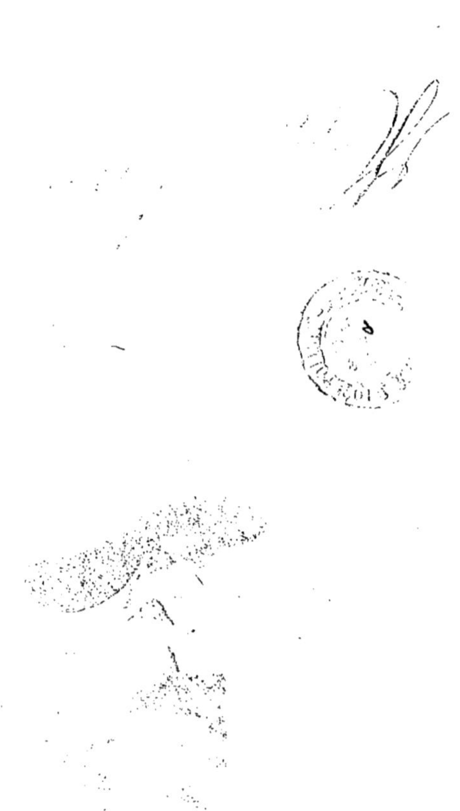

LES POÈTES TYPOGRAPHES

HENRI TAMINIAU

Poète - Typographe - Prote - Publiciste

Historien

par Antonius ADAM

PARIS

Imprimerie Émile ROUSSEL

20, Rue Gerbert, 20

1914

Ecrite d'abord pour une Revue, cette étude biographique paraît en plaquette.

L'impression en est due à la générosité de :

Mme la baronne DE WATTEVILLE,
MM. le baron DE MACKAU,
Paul TOULOUZE, Directeur de « Vaugirard-Grenelle »,
Victor COUNHAYE, Directeur du « Peuple Libre »,
le Lt-Colonel GRÉGOIRE, breveté d'état-major,
A. DE WATTRIPONT,
Émile ROUSSEL, Imprimeur,

Que ces amis généreux et mon biographe, M. Antonius Adam, reçoivent ici l'expression de ma reconnaissance.

HENRI TAMINIAU.

Henri Taminiau

Poète - Typographe - Prote - Publiciste

Historien

Parmi les Poètes typographes que j'ai eu l'agrément de pourtraicturer, Henri Taminiau prend une des premières places, son talent de poète et de prosateur étant de qualité supérieure. Comment arriva-t-il à se perfectionner dans cet art littéraire et poétique, nous allons l'apprendre au cours de cette biographie. Il eut, dès sa jeunesse, un caractère le portant à la défiance de lui-même, sentiment qu'il ne définissait pas, qui l'invita à croire que, dans cette vie semée d'écueils, il n'aboutirait à rien, que ses efforts demeureraient stériles. Ainsi donc, c'était entendu, jamais Taminiau n'arriverait à traduire son idéal d'une façon acceptable. On trouve un reflet de cette mentalité dans le quatrain adressé au peintre Lippe, que l'on peut lire dans le volume *A ma Fantaisie*, page 133. Le voici:

Par ton pinceau, tu reproduis la vie,
Et tu seras grand peintre, sur ma foi.
Rêveur obscur, jouet de sa folie,
Voilà, je crains, ce qu'il sera de moi.

Dans le dernier quatrain de la poésie *Aspiration*, je constate la même note pessimiste, la même pensée.

découragée. Je lis cela dans *Les Lianes*, au milieu de tant d'autres poèmes :

> L'écho ne répond pas, vainement je supplie,
> Le regard anxieux perdu vers l'horizon,
> Et courbe, malgré moi, ma pensée assouplie,
> Sous l'obsédant fardeau de la froide raison.

Le poète se trompait. Mais qui ne se trompe point quand on a l'âge des illusions !

※ ※ ※

Henri Taminiau est né à Mézières (Ardennes), le 25 août 1860.

Ayant perdu son père dès son enfance, il avait alors huit ans et demi, sans appui ni conseil, il grandit auprès de sa mère jusqu'au moment d'aller en classe. Le voilà à l'école primaire. Déjà sa tournure d'esprit prend goût à la satire, à la chicane même, et cependant son caractère d'adolescent est naturellement bon et serviable. Parmi ses condisciples, il se fait remarquer dans la partie des sciences exactes : histoire, géométrie, trigonométrie, algèbre — un Pascal ou un Descartes en herbe. — De l'école primaire il passe au Séminaire de Charleville, où l'on y étudiait les auteurs religieux, tandis que l'on suivait les cours du collège pour l'étude des auteurs profanes.

Du mois d'août 1872 à Pâques 1873, il prend des leçons chez un vicaire de sa ville et mord très bien aux études secondaires, seulement on oublie de lui enseigner un peu de grec, ce qui le contraint, l'année scolaire étant avancée, à débuter dans les classes inférieures. Se sentir capable de suivre les cours de quatrième et se trouver, à treize ans, avec les enfants de la classe de septième, voilà notre écolier désorienté et ...vexé ! Et, vraiment, il y avait de quoi. Quand on a manié sécantes et tangentes comme un prévôt d'armes se sert de ses fleurets, il n'est pas très flatteur d'être contraint de recommencer les quatre règles et la règle de trois simple. Cette déception et d'autres froissements qui vont au cœur des enfants firent que notre potache prit en grippe l'établissement. Taminiau déclare alors à sa mère que si elle ne consentait pas à le laisser partir par la porte, il filerait par la fenêtre. Et le jeune Henri était capable de mettre sa menace à exécution. On le laissa partir. Et l'on fit choix d'une profession : celle inventée par Gutenberg.

Si bien que, le 6 août 1874, à quatorze ans, Henri Taminiau entre à l'imprimerie de M. Ronsin. Petit imprimeur, M. Ronsin comprenant, à la mine éveillée et intelligente du jeune attrape-science, qu'il peut, plus tard, en faire un prote actif et dévoué, familiarise son apprenti avec tous les éléments du métier : composition, machines et papeterie. En très peu de temps, Taminiau collabore utilement avec son patron et traite les affaires avec la clientèle. Il reste deux ans et demi chez M. Ronsin. Mais le désir de savoir et l'humeur inquiète, déterminent Taminiau à s'embaucher à l'imprimerie Pouillard, ce dont il ne tarda pas à se repentir à tous les points de vue. Faute de travail, il n'y fait qu'un stage de trois mois. Malgré des défaillances de santé, le voilà maintenant admis à l'imprimerie Devin, d'excellente réputation professionnelle. Il y reste sept ans. Comme beaucoup de jeunes gens de l'époque, Taminiau se laissa éblouir par les avantages immédiats du travail aux pièces. Il comprit bien vite l'erreur qu'il avait eue de troquer son emploi de consciencieux contre une place de bourreur de lignes. Heureusement pour le jeune typo, la suppression de deux journaux, en restreignant le travail, l'oblige à s'expatrier à Dijon ; il a vingt-trois ans et demi. Là, il va refaire des travaux de conscience et retrouver son ancienne virtuosité de bon tableautier.

A cette époque, l'état maladif de Taminiau, qui s'était aggravé, lui rend si pénible le métier de typographe que, pour assurer son pain quotidien, il vise à la rédaction dans un journal. Mais comment y pénétrer? Il a à son actif un compte-rendu de théâtre. Pourquoi ne le ferait-il pas valoir cet article paru dans le journal *Le Nord-Est*, en novembre 1883?

Mais si le démon de la littérature avait envahi les méninges de Henri Taminiau, la Muse, abusant de ses charmes — abus très heureux! — se faufile, elle aussi, dans les pénates du jeune poète, qu'elle inspire à son insu et, bon gré mal gré, il lui faudra bien un jour ou l'autre qu'il en arrive fatalement à versifier.

En avril 1884, Henri Taminiau travaille à Dijon. Ses collègues en composteur le considèrent comme une des lumières intellectuelles de la profession : ils l'appellent *le Poète*. Or, si quelque chose déplaisait à Taminiau, c'est qu'on l'appelât le poète! Pourquoi? Affaire de tempérament, sans doute. Ayant beaucoup travaillé le style de la langue française, Taminiau est armé, dès ce moment, pour collaborer à n'importe quelle gazette politique ou littéraire. Son état de santé est précaire. Dès lors, il s'adresse à M. Daniel Wilson, propriétaire de l'imprimerie où il travaille, Petite-Rue du Château, et lui demande à collaborer à *La Petite France de l'Est*.

Il a alors une entrevue avec M. Stahl, *alter ego* de M. Daniel Wilson. Mais, ó déveine! on répond à Taminiau qu'il est dangereux de l'accepter comme rédacteur parce qu'il est poète! Cependant, pour le consoler, on l'assure d'une grande sympathie et on lui offre un appui à l'occasion. Poète? encore! lui qui jamais n'avait composé de vers et qui, à cette époque, en ignorait même les règles

les plus élémentaires. Taminiau, positivement, faillit devenir enragé !

Mais la Muse riait sous cape, car elle savait bien que l'avenir lui appartenait !

Vexé — oh ! combien — Taminiau signifie à M. Stahl qu'il saura bien se tirer d'affaire tout seul.

La réaction, en effet, se produit. Le gentil prosateur-poète ayant lu dans la *Revue des Deux-Mondes* un article de M. l'amiral Jurien de la Gravière sur Doria et Barberousse, voilà Henri Taminiau prenant sa bonne plume de Tolède et réfutant, à sa manière, les données de l'amiral. Ce travail de haute érudition, il l'intitule *Doria et Barberousse*, essai d'étude contradictoire, et le présente timidement à un ancien capitaine de frégate, M. Vergne, qui avait été l'un des parrains de Taminiau pour son admission à la Société Bourguignonne de Géographie. Après lecture, le marin engage vivement l'auteur à en faire part à la Société « pour ses *Mémoires* ».

Le débutant qu'est Taminiau se défend comme un beau diable. Pensez donc ! se produire en public !... — N'auriez-vous pas le courage de votre opinion ? lui dit sardoniquement M. Vergne, dont les yeux pétillaient de malice. — Pas le courage de son opinion : tudieu ! — Alors, Taminiau ne marche plus : il court ! il vole ! Aussitôt, le manuscrit est remis au président de la Société Bourguignonne de Géographie pour la lecture en séance publique. Cette audition prit trois séances, car des membres influents avaient assuré au jeune auteur que son travail ne serait pas imprimé pour des raisons politiques. Malgré tout, le Comité de publication en décide l'impression et, dix-huit mois plus tard, les malentendus s'étant dissipés, Taminiau eut la satisfaction de voir son œuvre de début insérée au volume des *Mémoires* de la Société. Et un tirage à part de cent exemplaires fit de son travail historique, plein d'érudition et brillamment mis au point, sa première brochure.

Ce succès ranime alors l'espoir de Henri Taminiau. Le voilà lancé dans la carrière littéraire ; mais, si l'histoire le tient pour l'instant, sa pensée vole vers la littérature dramatique. Il aime le théâtre. Il a vu jouer *Le Monde où l'on s'ennuie*, d'Edouard Pailleron. Ce fut, pour lui, une révélation. Pour acquitter sa dette de reconnaissance envers M. et Mme Vergne, qui lui avaient été d'un si grand réconfort moral et intellectuel, Taminiau rêve d'imiter le subtil Edouard Pailleron, et d'offrir, à ses amis, *Le Monde où l'on pense*, tableau fidèle du monde évoluant autour de M. et Mme Vergne. Au moment de la mise en œuvre de cette comédie, il a vingt-sept ans, l'âge où l'homme sage pense à convoler en justes noces :

> Un doux rayon illumait ma vie
> Car de l'amour j'avais senti les feux !

Oui, mais tout n'est qu'heur et malheur en ce monde. Lisez cela dans *Mariage rompu*, une gentille poésie que Henri Taminiau versifia en ce moment critique, ne connaissant point encore complètement les règles de la versification, mais qui produisit l'effet qu'il en attendait. De ce jour, le néophyte poète a enfin mis le doigt dans l'engrenage : tout le corps finira par y passer !

« L'homme s'agite et Dieu le mène ! » a dit Bossuet. Certes ! une tuile tombe sur la destinée de Henri Taminiau. L'affaire des Décorations, en laquelle fut impliqué M. Daniel Wilson, force celui-ci à liquider l'imprimerie de Dijon. Voilà notre typographe sur le pavé. Sans doute, il aurait pu se recaser à Dijon, ou suivre le matériel dans la nouvelle installation de Besançon, mais Paris l'attirait. A regret, Taminiau quitte la ville des ducs de Bourgogne, et, après un mois passé dans les Ardennes, il vient en la Ville Lumière au moment de l'Exposition Universelle.

Le 9 juin 1889, Henri Taminiau s'installe donc à Paris. La maison Charles Lorilleux le case chez l'abbé Roussel. En cette école de typographie, il occupe une place en vedette : il est « patron » (metteur en pages), de *La France Illustrée*. Là, il fait la connaissance de M. Charles des Granges, rédacteur en chef de ladite gazette, et auquel Henri Taminiau avait communiqué sa pièce *Le Monde où l'on pense*. M. Charles des Granges l'engage à porter cette œuvre au théâtre de l'Odéon. Mon Dieu, oui, elle ne fut pas acceptée ; mais quel est l'auteur qui peut espérer forcer les portes d'un théâtre s'il ne possède une clé d'or ou le coup de piston nécessaire pour forcer un directeur à les ouvrir ?

En cette imprimerie d'Auteuil, Henri Taminiau contracte des relations avec des écrivains de mérite. Avec eux, il se fortifie davantage aux formes et aux rythmes de la poésie. Il tient sa lyre avec élégance. La Muse le choie ! Si bien qu'il publie son premier volume sous ce titre original : *A ma Fantaisie*. Détail piquant : c'est son équipe de jeunes gens qui compose ces pages de prose et de vers, et c'est lui qui les met en valeur, ce qui ne fut pas une mince besogne.

La vie est pleine de péripéties. La Maison des Orphelins d'Auteuil pouvant difficilement fonctionner à cause de déficit, Henri Taminiau, compris dans les économies à faire, est obligé de chercher ailleurs la provende qui doit sustenter sa femme et lui-même — car il vient de se marier. C'est alors qu'il entre comme correcteur chez M. Laloue, rue du Croissant, où l'avait casé M. le baron de Mackau, dont Taminiau avait fait la connaissance à Auteuil, l'homme du monde et le typographe communiant dans la pensée du bien à faire aux orphelins.

En 1894, un nouvel exode oblige Henri Taminiau à quitter Paris. M. de Mackau et M. le comte de Lévis-Mirepoix l'appellent à Alençon. Là, on lui donne la direction de l'imprimerie du *Journal d'Alençon*. Il y publie son troisième volume : *Les Lianes*.

Ayant donné sa démission de chef de l'imprimerie du *Journal d'Alençon* en décembre 1898, il revient à Paris en mars 1899. Il entre pour trois mois en subsistance comme correcteur chez M. Desmares, à Neuilly ; c'est un ancien camarade qu'il a connu à *L'Echo des Mines* ; puis, le 1er août, le voici prote à l'imprimerie Quelquejeu, une proterie plutôt mitigée, mais enfin où il est prote tout de même. En avril 1908, M. Quelquejeu cède sa maison à M. Champy qui, lui-même eut, cinq ans plus tard, pour successeur, M. E. Roussel, le patron actuel de notre poète et son bienveillant Mécène.

C'est, en effet, grâce à la munificence de M. E. Roussel que Henri Taminiau put faire imprimer *Au Fil de la Vie*, volume complété par un deuxième que le vaillant poète appellera *Au Film de la Vie*, répondant ainsi à l'idée de faire passer sous les yeux de ses lecteurs les hommes et les choses qui y sont insérés.

Donc, l'œuvre du prosateur et du poète qu'est Henri Taminiau se compose actuellement de cinq volumes : N'est-ce pas là une belle gerbe littéraire et poétique ?

1° *Doria et Barberousse* (1889) ;
2° *A ma Fantaisie* (1892) ;
3° *Les Lianes* (1897) ;
4° *Au Fil de la Vie*, tome 1er (1913) ;
5° *Au Film de la Vie*, tome 2e (1913) (1).

Ce sont ces œuvres, intéressantes à plus d'un titre, que je vais passer en revue.

(1) Les trois premiers ouvrages furent publiés aux frais de l'auteur surtout pour ses amis, simple détail qui a son importance.

※ ※ ※

L'œuvre de début, *Doria et Barberousse*, est un beau travail historique réédité dans le volume *Les Lianes*. Cette prose, il faut la lire dans le livre. Doria, l'amiral de Charles-Quint, et Barberousse, l'amiral de Soliman-le-Grand, sont dépeints de main experte. La narration en est vive, les faits bellement déduits, le style énergique et la conclusion adéquate à la vérité historique. Henri Taminiau fait preuve, là, d'une érudition parfaite et toute à son honneur.

Aussi, ce travail fit-il sensation. Il faillit orienter son auteur vers la vie publique. En effet, ses amis pensèrent à faire de lui : 1° un membre du Comité de publication de la Société Bourguignonne de Géographie et d'Histoire ; 2° un rédacteur en chef de journal. En effet, pendant quinze jours, Taminiau fut le rédacteur en chef d'un journal dijonnais (maison Aubry) dont la démission de M. Jules Grévy, comme président de la République, retardait indéfiniment la publicité, si bien que, impatienté, notre écrivain envoyait tout promener le jour où l'on vint lui annoncer que le premier numéro allait enfin paraître ; 3° un candidat d'office au siège de conseiller municipal socialiste, laissé vacant par le départ de notre confrère Bulliard, qui allait s'établir à Bourg.

Voilà Taminiau fort ennuyé. Travailler, même vingt heures par jour sur vingt-quatre, dans sa solitaire et tranquille chambre de la maison de la rue Verrerie — qu'occupa Odette de Champdivers, la maîtresse de Charles V — faisait l'affaire du débutant littérateur. Mais se produire en public ! Sa timidité, sa nervosité et son amour farouche de l'indépendance ne le lui permettaient pas. Et puis encore, candidat socialiste, lui qui s'affichait en ville avec les professeurs et les élèves de l'Ecole

Saint-Ignace ! Eh ! oui, le départ de Dijon, en avril 1889, arrangea tout au gré des désirs de Henri Taminiau.

Ce doit être une allusion à cette époque de son existence que l'envoi de ce quatrain à M. le baron de Mackau, que l'on peut lire à la page 86 de *A ma Fantaisie* :

> D'aucuns cherchent la gloire et d'autres la fortune,
> Mais il en est bien peu satisfaits de leur sort.
> L'estime de mes pairs suffit à mon effort :
> *Je crains des vanités la lourdeur importune.*

Toujours, dans la suite, paraissant sur le point d'occuper une situation en relief, on verra Taminiau se dérober et fuir « des vanités la lourdeur importune ».

❋ ❋ ❋

Comme Hippolyte Matabon — et tant d'autres poètes typographes — c'est « après la journée », c'est-à-dire sous l'abat-jour de la lampe, souvent même au lit, dans l'obscurité des nuits — ce qui arrivait à Victor Hugo — que ces poésies, ces morceaux d'histoire, de littérature élevée ou théâtrale, voire journalistique, — car notre typo est aussi un publiciste distingué — que tout cela fut perpétré. Dans ces genres divers, Henri Taminiau a su dépenser un talent très appréciable, que je me plais à louer.

Ainsi, dans cette élégie touchante : *A une Mère*, Taminiau va droit au cœur. Lisez :

> Ta bouche chantait la louange
> De Dieu, notre père éternel.
> Il t'envoya ce petit ange,
> Que tu nommais Emmanuel.

Le cher enfant, heureux de vivre,
Te lutinait, vif et joyeux.
En songe, tu lui voyais suivre
La trace de ses fiers aïeux.

Et doucement, vers l'empyrée,
Voguant légère et sans effort,
Ta barque semblait assurée
D'atterrir sans écueils au port.

Bonheur humain, chose éphémère !
D'Emmanuel l'étoile a lui.
Et maintenant, ô pauvre mère !
Pleure sur toi, chante sur lui.

Pleure ta fierté maternelle,
Qui pour lui rêvait d'avenir.
La mort te l'a pris, la cruelle,
En te laissant le souvenir.

Chante pourtant sa délivrance,
Car l'ange au ciel est remonté.
La Foi te donne l'Espérance
De l'Aimer dans l'éternité.

Je ne saurais quitter cet intéressant volume *A ma Fantaisie*. Il contient des poèmes excellement versifiés. Ces quelques vers extraits de *l'Afrique ouverte* dénotent le talent d'historien de Henri Taminiau :

Mais le temps, qui détruit la gloire et la puissance,
A touché de sa faux le colosse au teint noir.
La vie a disparu. Le calme et le silence
Sur les rives du Nil font peser leur pouvoir
Et Carthage est couchée en un linceul de sable.
Il ne reste plus rien de l'altière cité.
Après un vif éclat, un sort si misérable,
Voilà donc ton destin, chétive humanité !...

Puis, les souvenirs de jeunesse passant dans son esprit, quelles douces pensées notre poète ne renferme-t-il pas en ce poème qu'il intitule :

Premier Amour

Temps heureux de l'enfance, âge des amours pures,
Où l'âme, de la vie ignorant les souillures,
Se résume et grandit dans un acte de foi,
Pourquoi passer si tôt !... Sous l'inflexible loi
De l'évolution, tu fuis dans les muances,
Et nous te regrettons, temps charmant des croyances.

. . . .

Passant avec aisance de l'églogue à la tragédie, plus loin, dans ce même poème, notre historien tressaille en de tragiques émotions, lorsqu'il évoque les souvenirs de la guerre franco-allemande. Le bombardement de sa ville natale — qu'un ouvrage paru à Bruxelles a stigmatisé : « Le Crime de Mézières », — lisez avec quel accent ému Henri Taminiau en décrit les horreurs. C'est un moderne Tyrtée ayant pris dans ses doigts sa meilleure plume d'airain. C'est de l'Histoire vécue :

. . . .

L'année agonisait ; autour de nos remparts
Quatre-vingt-dix canons hurlaient de toutes parts.
L'artilleur allemand, méthodique, impassible,
Envoyait ses obus comme au tir à la cible ;
Dédaignant des soldats les postes désertés,
Portait aux bâtiments des coups bien concertés.
Jamais je n'oublierai nos angoisses secrètes !
Vingt-huit heures durant, sous nos pièces muettes,
L'incendie en fureur promena ses tisons,
Brûlant — ce jour maudit — près de trois cents maisons !
Le feu, qui s'étendait en gigantesques lames,
Allait lécher le ciel de ses langues de flammes.
D'incandescents débris, sinistres papillons,
S'enlevaient dans les airs en épais tourbillons.

La lueur s'épandait au loin sur les campagnes.
Partout des paysans, groupés sur les montagnes,
Muets, le sang figé, blémissant de terreur,
Admiraient du tableau la grandiose horreur.
A travers la fournaise, une troupe éperdue
De bestiaux errants galopait en cohue...
Quelquefois un soldat, marchant d'un pas furtif,
Glissait entre les murs, découragé, craintif...
L'émoi paralysait les hommes les plus braves...
La population s'entassait dans les caves.
Chacun se tenait coi, timide, frémissant.
Devant un tel désastre on était impuissant.
Personne ne tentait des efforts inutiles !...
On écoutait passer les vols de projectiles
Qui venaient s'écraser sur la tour du clocher.
Les éclats sur le sol s'en allaient ricocher ;
Ils rampaient en sifflant, ainsi qu'une couleuvre,
Et, messagers de haine, accomplissaient leur œuvre.
Des murs qui s'écroulaient les énormes monceaux
Transformaient nos abris en de brûlants tombeaux.
Lorsque tout fut éteint, on constata les crimes.
Les caves recélaient quarante-cinq victimes !...
Tandis qu'asphyxiés ces gens agonisaient,
Désertés lâchement nos canons se taisaient !...

**

A minuit moins un quart, un rayon d'espérance
Vint nous faire un instant croire à la délivrance.
Dans un accord subit les canons s'étaient tus.
L'ennemi suspendait la grêle des obus.
Alors de ses abris, à sortir on s'invite,
Aux nouvelles des siens, chacun se précipite.
Minuit sonne. Soudain, dissipant notre erreur,
Les canons allemands grondent avec fureur.
La malice teutonne, exquise, raffinée,
Envoyait aux bourgeois ses vœux de bonne année !...
A ce coup imprévu, les habitants surpris
Tumultueusement regagnent les abris.
Parmi ces braves gens, sans défense et sans armes
La rage, en cet instant, fit couler bien des larmes.

Machinal, l'ennemi continuait son tir.
Avait-il décidé de tout anéantir !...
Et la destruction, se poursuivit fatale,
Poussant la tragédie à sa scène finale.
Qui faut-il haïr plus des piètres défenseurs
Qui nous sacrifiaient ou bien des agresseurs ?...
Pour ce bombardement, l'histoire, qui flagelle,
Rendit sur nos bourreaux sa sentence à Bruxelle.
Les Belges, l'arme au pied, en ligne de combat,
Regardaient, impuissants, perpétrer l'attentat.
Traduisant leur dégoût, nos voisins de frontières
Ont nommé ce forfait le « crime de Mézières. »

. . . .

La lyre de Taminiau a des accords pour tous les genres.
Veut-il protester contre la jalousie d'Elvire, il lui décoche
spirituellement cette flèche :

Jalousie

Elvire a très bon cœur ; elle est pleine d'appas ;
Mais, jalouse et coquette, elle ne souffre pas
Que ses admirateurs encensent d'autres femmes.
Aux louanges d'autrui ses yeux lancent des flammes
Et sa bouche aussitôt laisse échapper un trait.
Chez elle, à l'étourdi, je commis le forfait
De louer la bonté de la piquante Laure.
D'Elvire le front prit une teinte d'aurore.
« Vous en parlez, dit-elle, avec émotion.
« Laure n'est pourtant pas toute perfection,
« Convenez-en, très cher. Et l'on peut, sans médire,
« Constater entre soi qu'elle a fort peu d'empire. »
Narquois, je ripostai d'un ton doux et concis :
« Plus que vous ne croyez, je suis de votre avis.
« Et voici ma pensée en bonne foi complète :
« Laure est femme, Madame ; elle n'est point parfaite. »

Philosophe, il se demande où réside le bonheur. Il
consulte son âme et son cœur, comme l'aurait fait Blaise
Pascal. Et Taminiau ne voulant pas garder pour lui seul

ses modestes, mais justes réflexions, il les soumet à des
amis dans le trop court poème que voici :

Le Bonheur !...

Un jour, que du censeur j'avais pris la férule,
Du bonheur vous m'avez demandé la formule.
J'ai consulté mon âme, interrogé mon cœur.
Tous deux m'ont répondu : Tu cherches le bonheur ?
Si tu le veux parfait ; il n'en est pas sur terre.
N'être jamais content tel est l'humain mystère.
Et l'homme, malgré soi, malheureux instrument,
Est souvent ouvrier de son propre tourment.
Cet avis déprimant, j'en ai, non sans tristesse,
Après réflexion, reconnu la justesse.
Le destin est fatal ; il nous faut le subir.
Si vous voulez, amis, vivre sans trop souffrir,
Recherchez, avant tout, dans vos pensers intimes,
La satisfaction des désirs légitimes.
Suivez, sans dévier, les lois de la raison.
Matez vos appétits. Bornez votre horizon.
De votre liberté faites un bon usage.
Quel que soit votre emploi, vivez comme le sage.
Bref, pour tout résumer : Esprit sain, paix du cœur,
Sur terre, mes amis, voilà le seul bonheur.

Fermons *A ma Fantaisie*, car *Les Lianes* et *le Fil et Film de
la Vie* attendent leur tour. Reportons-nous-y avec l'espoir
et l'agrément de satisfaire notre critique et notre curiosité.

✵ ✵ ✵

Dans le volume *Les Lianes*, je cueille une très jolie
églogue, chant sylvestre donnant une impression des
choses se passant au sein de la nature. Elle a pour
titre : *Automne* :

L'automne nourricier repasse sur nos plaines
Semant en son chemin gibier, grains, fruits et miel.
Il épand, sans compter, ses trésors à mains pleines,
Bon messager du Ciel.

Le laboureur remplit les greniers de sa grange.
Le chasseur s'endurcit et jarrets et biceps.
Grives et vignerons font fête à la vendange
     Qui mûrit sur les ceps.

Le citadin, qui craint l'attaque des bacilles,
Avec ivresse court mêler par les vallons
Ses joyeuses clameurs au gai bruit des faucilles
     Moissonnant les sillons.

Et le penseur, pour fuir des villes le tumulte,
Va respirer du flot la saine exhalaison,
L'automne est favorable à l'enfant, à l'adulte ;
     Quelle aimable saison !

Retrempant âme et corps aux sources de nature,
Souvent — bien malgré soi — l'homme en devient meilleur,
Emu, son cœur tressaille et sa lèvre murmure
     Une hymne au Créateur.

Toujours dans *Les Lianes*, je trouve encore à glaner — du reste, la glane y est très touffue. Si tous les mariages qui s'accompliront en ce XXe siècle étaient pareils à celui de *Un Mariage au XXe Siècle*, devenu depuis : *Un Mariage de braves gens*, on ne nagerait plus dans les frasques de l'adultère ni, certes, dans les scandales du divorce. Oui, c'est du bon réalisme, car la pièce est faite d'au moins cinq aventures arrivées tant à l'auteur qu'à ses amis. Lecteur, lisez cette fine comédie en un acte. Elle vous délassera. Vous y trouverez un passe-temps honnête, réjouissant, et un réconfort contre le déboire. C'est l'apologie des humbles et le transfert sur la scène de la fable du bon La Fontaine:

     Travaillez, prenez de la peine,
     C'est le fond qui manque le moins.

✻ ✻ ✻

Maintenant, je passe à l'humoriste qu'est Henri Taminiau. Ce fils d'Apollon n'est pas typo pour rien. Dès qu'il s'agit de mettre en opposition une mère et sa fille, il compose ce sonnet. Quel « sortier » impénitent quand Taminiau prend sa bonne plume de Tolède ! Oyez le sonnet :

Souvenir de Pâques 1897

Jouant dans les vitraux et reposant les yeux
Descendait dans le temple une clarté sereine.
Une forme apparut : ange, femme, ou sirène,
Parmi les gais rayons aux feux capricieux.

Ses cheveux étaient blonds, ses gestes gracieux.
Elle offrait aux regards un costume de reine.
Ses traits resplendissaient de grâce souveraine.
Elle faisait rêver aux habitants des cieux.

Et pourtant ce n'était qu'une enfant de la terre
Venant courber son front devant le saint Mystère.
Et, tout en admirant la correcte beauté,

Tout bas je me disais : Jeunesse est éphémère ;
Enfant, si vous voulez garder la royauté,
Sachez, pour l'élégance, imiter votre mère.

Lors du mariage de sa petite-fille, Mlle Marguerite de Quinsonas avec M. le vicomte de Bonneval, en avril 1904, M. le baron de Mackau donna, dans le parc de son château de Vimer, une kermesse à laquelle tous les habitants du pays furent conviés. Notre poète manie trop bien le sonnet pour ne pas saisir l'occasion d'augmenter sa gerbe poétique. Voici en quels termes il libella ses regrets de n'avoir pu être de la fête :

Pends-toi, brave Crillon !...

Un gai soleil d'avril brillait dans l'outremer
Avivant du printemps l'intense poésie.
Les pipeaux résonnaient, charmants de fantaisie,
C'était fête d'hymen au château de Vimer.

Comme un doux clapotis, quand étale est la mer,
Vers l'aïeul convergeait l'immense sympathie.
Les nouveau-mariés goûtaient à l'ambroisie,
Parmi les assistants, point de penser amer.

Sur un appel des chefs Harel, Germain-Lacour,
Tout un flot de rimeurs vint composer la cour.
L'un d'eux, pourtant, manquait, sempiternel Moïse.

Un destin malplaisant toujours le trimbala
Loin du chaume envié dans la terre promise :
Taminiau-Juif-Errant ne pouvait être là.

Je vais le montrer dans une épître adressée à ses amis
du *Courrier du Livre*. Elle est insérée dans le premier tome
de *Au Fil de la Vie*, à la page 127. C'est exquis :

La Plainte du Surmené

Des vers !... Pauvres amis !... Ma Muse est éclopée.
Je n'ai plus de loisir ! Pas la moindre échappée
Vers le bleu firmament où l'aigle aime à planer.
Tout le long jour je trime et n'en puis d'ahaner.
A l'atelier, chez moi, partout on me relance :
Voilà le seul motif qui cause mon silence.
Ah ! que je voudrais être en la peau de Brankès !...
Il n'imprime pas, lui, des tas de palmarès.
Il force son cerveau méphistophélétique
A distiller des flots de prose acrobatique.
De ma plume acérée, écrivant tout de go,
Comme lui, je voudrais épater le gogo.
Tandis que des Français notre roublard se moque.
Je meurs sous le travail... et j'en deviens loufoque.
Il me faut avoir l'œil à l'imposition
Alors qu'à mon pupitre une correction
Impérieusement mon office réclame.
Et j'entends l'apprenti qui, de son fausset, clame :
— Monsieur, venez donc voir quel amas de pâté !!!
— Eh ! recompose-le, quadruple âne bâté !...

Un sortier de piéçard, d'intention maligne,
Demande s'il lui faut aller ligne pour ligne,
Celui-ci veut des coins, cet autre des filets.
Le conducteur se plaint des tringles, des galets.
Si le bureau s'en mêle, on s'énerve, on s'enfièvre.
On voudrait s'échapper, se noyer dans la Bièvre,
Se pendre, s'avilir à l'instar de Rolla.
Mais un grain de bon sens vient mettre le holà !
Comme le personnel est assez maniable,
On serait dans son tort de l'envoyer au diable.
Prote, on ne peut agir comme étant paquetier.
En somme, ce sont là les tracas du métier.
Et, pour contribuer au bonheur du potache,
Je me patine ferme et je reste à l'attache.
Et puis, il m'a fallu me grouiller prestement :
Dimanche s'opérait mon déménagement.
Ce qui fait qu'aujourd'hui ma lettre je cachète
Dans la rue arborant ce nom : Jeanne-Hachette.
Or, comme auparavant j'avais fort bourlingué,
Il est bien naturel que je sois fatigué.
Et le soir, en rentrant, si ma lampe j'allume,
Je ne suis pas d'humeur à manier la plume.
Voilà, mes chers amis, simplement le pourquoi
Qui, vis-à-vis de vous, me faisait tenir coi.
Et comme le sommeil alourdit ma paupière,
Je vais rejoindre au lit mes bébés Paul et Pierre.

Un seul mot de compliment nuirait à la gentillesse de cette familière épître !

Et que d'agréables choses ce volume ne contient-il pas ?

※ ※ ※

Je passe au tome deuxième : *Au Film de la Vie*. J'en extrairai seulement un sonnet.

Ce sonnet est une merveille de vérité. Il est versifié comme l'entendait Boileau :

Un sonnet sans défaut vaut seul un long poème !

Le voici :

A X... Y...

De l'amour pour le bien ; au cœur un grand courage,
Dans la vie, au début, ce fut ton seul avoir.
Et, jeune, tu partis assoiffé de savoir,
Dédaignant les ennuis, te riant de l'orage.

L'Europe pittoresque, au si brillant mirage,
Appesantit sur toi son magique pouvoir,
Et te fit promener ton désir de tout voir :
Chez le Hohenzollern et chez l'Abencérage.

Le chemin rocailleux qu'a parcouru ..lloux
Bien souvent à ses pieds fit sentir ses cailloux.
N'importe, il s'en allait, tenace, doux et calme.

Enfin, voici le port ; le destin est dompté.
Du mérite discret nous te donnons la palme
Pour honorer en toi : *Travail et Volonté !*

Tous ceux qui connaissent X... Y... — sympathique au plus haut degré — applaudiront et apprécieront le beau sonnet de Henri Taminiau.

Pour ma part, je crie : Bravo !

❋ ❋ ❋

Ce que l'on ne saurait contester à Taminiau, c'est son talent de chansonnier. Ne riez pas. N'est pas chansonnier qui veut. Taminiau a le mot vif, leste, pénétrant comme une flèche, le mot comique et de bon aloi. Sans doute, il est un peu *sortier* — n'est-il pas typographe ? — en certaines de ses chansons. C'est ce qui en fait le charme et le succès. Mais il a aussi la note émue. Cette note, on la trouve dans *Pour les Orphelins du Livre*, dont le rythme est calqué sur celui de la *Chanson de Fortunio*, d'Alfred de Musset, de même que sur son air harmonieux. C'est très doux. *L'Exposant oublié* est d'une drôlerie divertissante ainsi qu'*Une Victime du Croquis-calque* — et tant d'autres chansons d'un comique bouffe désopilant.

Le croirait-on ? Eh bien, Mgr Péchenard, présentement évêque de Soissons, et M. Bouvattier, ancien député, directeur de *La Croix*, se réjouissaient à l'audition des chansons de Henri Taminiau. Si bien qu'en un des banquets de la Saint-Jean du Syndicat de la rue des Petits-Carreaux, Mgr Péchenard, présidant, prie M. Griveau, avocat et ancien procureur, d'accompagner Taminiau dans sa chanson *Auprès d'un Ivrogne* dont l'air se chantait sur celui de *Auprès de ma Blonde*. M. Griveau ayant confondu les textes, se défendait comme un beau diable de pianoter *Auprès de ma Blonde*. — O Monseigneur ! se récriait-il d'un ton piteusement comique. — Enfin, tout s'expliquant, on rit de la méprise, et l'auteur et le pianiste revenu de son erreur, furent longuement applaudis.

Vive l'Orthographe ! — *Prophylaxie*. — *Le Prix Deutsch*. — *La Langue des bonn's femmes*, etc., etc., complètent un répertoire de choix, bien poétisé pour désopiler la rate des auditeurs écoutant Henri Taminiau. Aussi fructueuse était la quête lorsqu'il tendait sa sébille pour les Orphelins du Livre.

❊ ❊ ❊

Si Henri Taminiau est un fils d'Apollon, il n'en est pas moins un publiciste de bon aloi. Sa verve prime-sautière, son ironie enjouée, font prime aux journaux *Vaugirard-Grenelle*, *L'Echo du Petit Commerce*, *Le Peuple Libre*, etc. Comme Juvénal, il fouaille les hommes et les choses de son temps. Sa plume est un stylet tant elle sait diriger adroitement ses coups sur les puissants du jour et sur les faits sociaux pouvant aggraver les crises industrielles, commerciales et financières. C'est là de la bonne critique — et qui porte !

Avant de verser dans le champ-clos de la politique, Henri Taminiau, en vrai typographe, collabora au *Siècle Typographique* créé par le pacifique Junius-Joyeux *L'Intermédiaire*, d'Eugène Sédard eut également sa collaboration. Au *Courrier du Livre*, les lecteurs savourent ses articles, marqués au sceau du bon sens. Et là où son esprit sortier prenait un vol humoristique, c'est au journal *La Sorte*, de Marseille. Il y était abracadabrant !

On ne saurait, en une étude biographique trop ramassée, passer en revue cinq volumes comme ceux édités par Henri Taminiau. Non. Mais je me fais un devoir de signaler *Le Crapaud et la Rose*, charmante et touchante élégie. *L'Afrique ouverte*, poème d'intense poésie et de forme irréprochable dont je n'ai donné que quelques vers ci-dessus, cette pièce étant développée. Dans les 70 premiers vers, tous les principaux événements de l'histoire de l'Afrique, depuis Sésostris jusqu'à nos jours, sont passés en revue : C'est un joli jeu d'esprit que le poète a réalisé là. *Mézières en 1870*, donne le frisson par les faits qu'y révèle le prosateur doublé d'historien. C'est palpitant d'intérêt. Ah ! l'affreuse guerre ! Cela se trouve dans *A ma Fantaisie* (¹).

Dans *Les Lianes*, je vous recommande *Ma première partie de Pêche*. Très curieux poème favorable, n'est-ce pas ? aux patients pêcheurs à la ligne ! Lisez ce sympathique article : *L'Orphelinat du Livre*, en lequel Mlle Porta — mère adoptive de tant d'orphelins — est louée comme elle le mérite. Cela est une belle action, ô Henri Taminiau ! Et passant du grave au doux, du plaisant au sévère, je vous signale *Une heure à l'Orphelinat du Livre*, qui est une petite comédie en un acte, pleine de verve et de sentiment ; puis, pour ne pas quitter l'Orphelinat, savourez ce comique joyeux

(1) Voir page 18 de la présente brochure.

et pénétrant que vous trouverez au *Film de la Vie*, qui a,
pour titre : *69, Route de Châtillon*. Dans ce même volume,
si vous voulez vous faire une pinte de bon sang, lisez
encore *Une chasse présidentielle au fauve dans les Ravins du
Champ-de-Mars*. Vous vous tordrez !

J'arrête, ici, mes citations. Je ne saurais aller plus loin
tant il y aurait encore de très beaux morceaux de littérature et d'histoire à mettre en relief. Mon lecteur n'a
qu'à se procurer toute l'œuvre de Henri Taminiau. Il
enrichira sa bibliothèque (1).

✻ ✻ ✻

CONCLUSION :

La typographie française peut s'enorgueillir des poètes-
typographes rehaussant le prestige de l'Ancêtre ! Et ce
qu'il y a lieu de louer surtout, c'est ce travail d'inspi-
ration fait après les heures du labeur quotidien, à la
lumière de la lampe, alors que tout repose au foyer
familial et que, seuls, ces privilégiés des Muses s'adonnent
à ce penchant naturel de faire des vers ou de la littérature
historique, romantique, journalistique ou théâtrale.

C'est très beau, cela, et vraiment digne de louange !

O Gutenberg, ces vaillants typographes sont tous de
nobles cœurs : ce sont tes enfants !

Protège-les !

ANTONIUS ADAM.

(1) Emile Roussel, imprimeur-éditeur, 20, rue Gerbert (Vaugirard), à
Paris. Ou chez l'auteur, 37, rue de l'Abbé-Groult (Vaugirard), Paris.

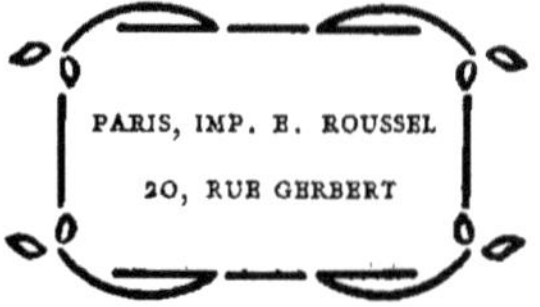

PARIS, IMP. E. ROUSSEL
20, RUE GERBERT